D1346974

Ce livre
appartient à :

....

offert par :

....

TABLE

Achevé d'imprimer par G. Canale & C. S.p.A. - Borgaro T.se (Turin)
Avril 1997 - Dépôt éditeur n° 1734
20.21.8759.11.1 - ISBN 2.01.019500.0

Loi n° 49-956 du 16 juillet 1949 sur les publications destinées à la jeunesse
Dépôt : Avril 1997

M
OO
411

Enid Blyton

Oui-Oui
et le
cerf-volant

Illustrations de Jeanne Bazin

HACHETTE
Jeunesse

L'ÉDITION ORIGINALE DE CET OUVRAGE
A PARU EN LANGUE ANGLAISE
CHEZ SAMPSON LOW, MARSTON & CO, LTD., LONDRES,
SOUS LE TITRE :

NODDY AND TESSIE BEAR

© *Enid Blyton, 1956.*

© *Librairie Hachette, 1967, pour la traduction française.*
© *Hachette, 1989 pour l'illustration.*

Tous droits de traduction, de reproduction
et d'adaptation réservés pour tous pays.

Hachette Livre, 43, quai de Grenelle, 75015 Paris

Chapitre 1

Quel vent!

Ce matin-là, quand Oui-Oui le pantin de bois ouvrit sa porte, le vent s'engouffra dans la maison. Oui-Oui faillit en perdre l'équilibre.

«Hou! Hou!» hurla le vent.

Il souffla sur un vase, et les fleurs s'envolèrent.

« C'est du joli! s'écria Oui-Oui. Il faut que je répare tes sottises, à présent. Je n'ai pas que cela à faire : j'ai beaucoup de travail ce matin, moi aussi. »

Il referma la porte et remit les fleurs dans leur vase. Le vent secouait la porte comme s'il voulait de nouveau entrer dans la maison.

« Je suis plus malin que toi, déclara Oui-Oui. Je vais sortir par-derrière. »

Aussitôt dit, aussitôt fait : Oui-Oui se glissa dehors. Mais, bien sûr, le vent l'attendait aussi derrière la maison. Il souffla sur le bonnet de Oui-Oui qui s'envola, passa par-dessus le

mur du jardin et retomba chez M. Bouboule. Oui-Oui courut le chercher et l'enfonça solidement sur sa tête.

« Maintenant, coquin de vent, tu auras beau souffler, mon bonnet ne s'envolera plus, dit-il. Tu peux faire tinter son grelot tant que tu voudras : j'aime beaucoup cela. »

Le vent se remit à souffler, et le grelot tinta très fort.

« Drelin ! Drelin ! » fit-il joyeusement.

Oui-Oui mit de l'eau dans un seau, prit sa grosse

éponge, un chiffon et se
dirigea vers le garage. Il
avait tellement plu, la veille,
que sa petite auto était
couverte de boue.
Quand on est chauffeur
de taxi, on ne peut pas
se permettre d'avoir
une voiture sale!

Le vent continuait à
souffler tant qu'il pouvait. Le
foulard jaune de Oui-Oui
voltigeait dans tous les sens,
et son grelot n'arrêtait pas
de sonner.

« On dirait vraiment que tu veux jouer avec moi, petit coquin de vent ! s'exclama Oui-Oui.

Cela me rend joyeux. Je crois que je vais inventer une nouvelle chanson en ton honneur. »

Oui-Oui se mit à fredonner une chanson si gaie que M. Bouboule accourut pour l'écouter :

Vent ! Petit coquin !
Tu souffles bien fort, ce matin.
Vent ! Petit fou !
Tu passes partout.
Les nuages lourds
Dans le ciel courent.
Drelin ! Drelin ! Drelin !
Fais sonner mon grelot,
  Petit coquin !

M. Bouboule reprit en chœur de sa grosse voix :

Drelin! Drelin! Drelin!
Fais sonner mon grelot,
Petit coquin!

Oui-Oui éclata de rire en agitant très vite sa tête à ressort.

« C'est vous, monsieur Bouboule! s'écria-t-il. Je ne vous ai pas entendu arriver.

Quel vent, ce matin! N'est-ce pas?

— Du vent? En effet, j'ai entendu dire cela quelque part. Je ne sais plus où, répliqua M. Bouboule d'un air malicieux.

— Ne faites pas l'innocent, répondit Oui-Oui en riant. Vous savez très bien que c'est dans ma chanson. Oh! Regardez : le vent a emporté la lessive de Mme Bouboule. Elle ne va pas être contente. Venez. Nous allons la ramasser. »

Mais le vent avait décidé de s'amuser : il poussait devant lui les draps, les serviettes, les chemises. Oui-Oui et M. Bouboule couraient, couraient pour les rattraper.

Puis, Oui-Oui aida
M. Bouboule à épingler la
lessive sur le fil.

« Tenez, voilà votre
nouveau tricot, dit-il. Et une
paire de chaussettes. Oh ! là !
là ! Il y a un gros trou dans
celle-là. Maintenant, votre
mouchoir rouge. Il est si
grand que je pourrais m'en
faire une nappe. »

Soudain, le vent souffla
encore un coup, et le bonnet
de Oui-Oui s'envola.
M. Bouboule le ramassa et,
sans faire attention, l'épingla
sur le fil entre un pantalon
et un foulard. Oui-Oui ne
s'en aperçut même pas.

Quand ils eurent terminé
leur ouvrage, Oui-Oui

retourna laver sa voiture.

« Écoute, petite voiture, dit-il joyeusement. Je vais te chanter encore une fois ma nouvelle chanson. C'est une chanson pour les jours de grand vent. »

Chapitre 2

Une gentille camarade

Oui-Oui se mit à chanter à
tue-tête. Quand il en fut au
« Drelin ! Drelin ! Drelin ! » il
voulut faire sonner son
grelot pour accompagner la

chanson. Oh! Surprise! Le
grelot resta muet.

« Pourquoi ne sonnes-tu
pas, petit grelot ? » demanda
Oui-Oui très étonné. Et il
recommença à remuer la tête
de plus en plus fort.

Au même moment, Mirou,
la petite ourse en peluche,
passait devant la maison de
Oui-Oui. Elle n'en crut pas
ses yeux : Oui-Oui était
planté tout seul au milieu du
jardin, agitant la tête comme
un fou.

« Bonjour, Oui-Oui ! cria-
t-elle. Pourquoi secoues-tu la
tête comme cela, pour rien ?

— Tiens, c'est toi, Mirou ?
fit Oui-Oui. Je suis content
de te voir. » Et il continua
d'agiter la tête. Mais le

grelot ne tintait toujours pas.

«Je ne sais pas ce qui se passe, dit-il. Je n'arrive pas à faire sonner mon grelot.

— Ce n'est pas surprenant, répondit Mirou. Tu n'as pas ton bonnet.

— Comment? Je n'ai pas mon bonnet? fit Oui-Oui en se passant la main sur la tête d'un air étonné. Ma foi, c'est vrai. Où est-il passé? Ce coquin de vent m'a encore joué un tour. Il a dû souffler très fort, et mon bonnet s'est envolé. Où est-il, maintenant?»

Mirou regarda autour d'elle et pouffa de rire.

«Je sais, déclara-t-elle. Il est épinglé sur le fil avec la lessive de Mme Bouboule.

— Ça, alors! s'écria Oui-Oui. Je savais que le vent soufflait sur les bonnets. Mais s'il se met à les accrocher sur les fils, je n'y comprends plus rien.

— Je vais le chercher », dit Mirou.

Elle posa son panier par terre et courut au jardin de Mme Bouboule. Elle décrocha le bonnet bleu et le rapporta à Oui-Oui.

« Voilà, dit-elle en l'enfonçant sur la tête du pantin.

— Drelin! Drelin! fit le
grelot.

— Comme tu es gentille!
s'écria Oui-Oui. Veux-tu que
je te chante ma nouvelle
chanson? Je viens juste de la
composer. C'est une chanson
pour jour de grand vent.

— Vas-y. Je t'écoute», dit
Mirou.

Oui-Oui se mit à chanter à
gorge déployée.

«Elle est très, très belle, ta
chanson, déclara Mirou. Ce
que je préfère, c'est le
"Drelin! Drelin! Drelin!"
C'est joli quand tu agites ton
grelot en même temps. Car,
cette fois-ci, il sonne.

— Grâce à toi, fit Oui-Oui
avec un grand sourire. Dis
donc, tu as un chapeau neuf.

Avec des coquelicots dessus !
Il est magnifique. »

Mirou secoua la tête,
et les coquelicots dansèrent
gaiement sur son chapeau.

Elle sourit à Oui-Oui et
ramassa son panier.

« Il faut que j'aille vendre
mes œufs au marché, dit-elle.

— Je vais t'y conduire en
voiture », déclara Oui-Oui
très empressé. Son auto

donna deux coups de klaxon : «Tut! Tut!» pour montrer qu'elle était d'accord. Elle aussi aimait beaucoup Mirou.

«Ce n'est pas possible, répliqua la petite ourse. Je n'ai pas assez d'argent. Regarde : il n'y a qu'un sou dans mon porte-monnaie.

— Mais je ne veux pas que tu me paies! s'exclama Oui-Oui. Tu n'as qu'à faire danser les coquelicots sur ton chapeau.

Cela me suffira.

— Entendu. Alors, je te donne un de mes œufs. Celui-là. C'est le plus gros de tous. Tu pourras le manger pour ton dîner.

— Oh! Merci! s'écria Oui-

Oui. Tu es la plus gentille petite ourse que j'aie jamais rencontrée.»

Il prit l'œuf avec précaution et le porta dans la cuisine. Puis il installa Mirou et son panier dans la voiture.

En route! Mirou n'avait pas l'habitude de se promener en voiture. Elle était ravie. Elle tenait son panier bien droit sur ses genoux potelés pour ne pas casser ses œufs.

La petite auto descendit lentement la rue. «Tut! Tut!» faisait-elle fièrement. Elle aurait voulu que tout le monde la remarquât. Elle avait une si gentille passagère, ce matin.

Oui-Oui prit garde à ne renverser aucun lampadaire. Soudain, il aperçut une ribambelle de petites quilles turbulentes qui jouaient au milieu de la rue. Il s'arrêta et attendit que la route fût libre.

« Elles voudraient bien que je les renverse, dit-il. Toutes les quilles aiment beaucoup cela. Mais je me sens si doux quand tu es là, Mirou, que je n'ai même pas le cœur de les bousculer. »

Le gendarme n'en croyait pas ses yeux. Depuis quand Oui-Oui se montrait-il si poli avec les quilles ?

« Bonjour, monsieur le gendarme. Nous allons au marché », fit Oui-Oui en passant devant lui, au coin de la rue.

Il était très fier que le gendarme l'eût aperçu : pour une fois qu'il conduisait aussi prudemment !

« Tut ! Tut ! » La petite voiture klaxonna si fort que le gendarme sursauta. Il faut dire que l'auto n'aimait pas du tout le gendarme.

« Regarde, Oui-Oui, dit Mirou. Mathurin le matelot te fait signe pour monter dans ton taxi. Je vais descendre. Je ne veux pas te faire perdre dix sous.

— Non, non ! s'écria Oui-Oui. Reste ici. Il peut très bien s'asseoir derrière. »

Il s'arrêta au bord du trottoir. Mathurin le matelot

était très gai, ce matin-là. Il monta dans la voiture en chantant à tue-tête :

Holà ! Camarade !
Je vais rue de l'Étoile.
Holà ! Camarade !
Hissons la grande voile.

« Nous allons au marché, déclara Oui-Oui. Je te déposerai rue de l'Étoile en passant.

— Holà ! Camarade ! » reprit le marin.

Oui-Oui sursauta, et la voiture faillit rentrer dans un arbre.

« Ne me crie pas dans les oreilles », dit Oui-Oui.

Le marin se remit à chanter plus doucement. Elle était si amusante, cette petite chanson, que Oui-Oui et Mirou la reprirent en chœur. Ils descendirent la rue en chantant joyeusement tous les trois :

Holà ! Camarade !
Allons rue de l'Étoile.
Holà ! Camarade !
Hissons la grande voile.

Il arrivèrent bientôt devant une drôle de maison : on aurait plutôt dit un bateau.

« Nous y voilà, dit Oui-Oui. C'est dix sous.

— En voilà vingt », répondit Mathurin le matelot. C'était vraiment un joyeux compère.

« Holà ! Camarade ! Me voici rue de l'Étoile, reprit-il en s'éloignant.

— Il est très gentil, tu ne trouves pas ? déclara Oui-Oui. Nous sommes presque arrivés au marché. J'espère que tu vendras tous tes œufs. Quant à moi, avec mes vingt sous, je vais acheter quelque chose de magnifique. »

Chapitre 3

Le cerf-volant

Mirou s'installa au bout du marché avec son panier. Les coquelicots dansaient gaiement sur son chapeau. C'était si joli que tout le monde s'arrêtait pour la

regarder et lui acheter un œuf. Son panier fut bientôt vide.

Pendant ce temps, Oui-Oui faisait le tour des étalages. Maintenant qu'il était riche, il voulait offrir un cadeau à Mirou.

« Qu'est-ce que je peux lui acheter avec vingt sous ? se demandait-il. Peut-être ce collier rouge ? Il irait bien avec les coquelicots de son chapeau. Dommage : il est trop cher. Alors, ce nœud, pour mettre dans ses cheveux ? Non. Elle en a déjà un, certainement. Il vaut mieux que je lui demande son avis. »

Mirou était justement plantée devant l'étalage d'un

marchand de foulards. Oui-Oui la rejoignit.

« Aimerais-tu avoir un joli foulard comme cela ? lui dit-il. Si tu veux, je t'en achète un. Celui-ci, le rouge. Il ira très bien avec les coquelicots de ton chapeau.

— Oh ! Oui-Oui ! s'écria Mirou. Je voulais t'en offrir un, moi aussi. Le bleu, là, il te plaît ?

— Mais tu ne vois pas ? J'en ai déjà un, répliqua le pantin. Viens. Nous allons faire le tour du marché. Si quelque chose te fait envie, je te l'achète.

— Tu es très gentil », répondit Mirou. Et elle lui tapota le dos de sa douce petite patte.

« Mais vraiment, je ne vois pas ce qui pourrait me tenter.

Allons-y quand même, si tu veux. »

Ils se mirent à flâner dans le marché. Le vent continuait à souffler : les coquelicots dansaient sur le chapeau de Mirou, et le grelot de Oui-Oui tintait sans arrêt.

Ils passèrent devant l'étalage de Mme Culbuto, la marchande de cerfs-volants.

Cerfs-volants ! cerfs-volants !
Achetez mes cerfs-volants !
Ils volent,
Ils caracolent
Fièrement
Dans le vent.
Achetez mes cerfs-volants !

leur cria Mme Culbuto.

Mirou s'arrêta net.

« Regarde celui-là ! s'écria-t-elle. Il est magnifique. Il n'arrête pas de tourner sur lui-même : on dirait qu'il veut s'envoler. Si nous l'achetions ? Avec un vent comme aujourd'hui, il pourrait voler très haut.

Ce serait si amusant! Crois-tu qu'il est trop cher pour nous?

— Il vaut vingt-cinq sous», déclara la marchande.

Elle prit le cerf-volant sur l'étalage et s'approcha d'eux en roulant ses hanches rondelettes.

«Il est beau, n'est-ce pas? dit-elle. Il vole plus haut que tous les autres. Et il n'a pas peur du vent, même aujourd'hui.

— Oh! Oui-Oui! Nous avons vingt-cinq sous à nous deux, fit Mirou. Achetons-le. Tu veux bien? Un si joli cerf-volant! Ce ne sera pas de l'argent perdu.

— Entendu, décida Oui-Oui! je l'aime beaucoup, moi aussi. Cerf-volant, nous t'achetons. Nous allons te faire voler très haut dans le ciel. N'aie pas peur : nous te tiendrons bien.»

Ils payèrent la marchande et s'en allèrent. Le cerf-volant était si grand qu'ils devaient le serrer très fort pour ne pas le lâcher.

Soudain, le vent l'aperçut.

Aussitôt, il recommença à souffler. Oui-Oui et Mirou eurent beau se cramponner, le cerf-volant les entraîna. Ils couraient,

couraient de plus en plus vite.

«Où pourrions-nous le faire voler? demanda Oui-Oui.

— Allons à la ferme, répondit Mirou. C'est assez loin, mais nous avons la voiture.

— Il faudra que tu tiennes le cerf-volant toute seule pendant que je conduirai, dit Oui-Oui. Mets-toi à l'arrière et ne le lâche pas. Surtout, ne t'envole pas avec lui.»

Ils se mirent en route. Mirou devait se cramponner au cerf-volant, car il se débattait comme un diable. Il aurait tant voulu s'envoler! Finalement, Oui-Oui prit le volant d'une main et, de l'autre, agrippa Mirou par sa

jupe pour la
retenir. Ils
arrivèrent
enfin

à la ferme. Heureusement,
M. Paille, le fermier, était
chez lui. Il venait de déposer
un bidon de lait au bord du
chemin.

Le laitier passerait le
prendre pour aller le vendre
à la ville.

« C'est toi, Oui-Oui ? cria
M. Paille. Quel bon vent
t'amène ?

— Nous voudrions faire
voler notre cerf-volant dans

votre champ, répondit Oui-Oui.

— Entendu, dit le fermier. A condition que vous me rendiez d'abord un petit service.

Allez ramasser les œufs dans le poulailler et mettez-les dans ce panier.

Puis vous poserez le panier sur le bidon pour que le laitier l'emporte en même temps.

— Avec plaisir ! s'écria Oui-Oui. C'est très amusant. Mais... qu'allons-nous faire du cerf-volant ? Écoute, Mirou : peux-tu aller ramasser les œufs pendant que je le tiens ?

— Bien sûr, répondit-elle. J'ai l'habitude. Moi aussi j'ai des poules. »

Mirou prit le panier et se dirigea vers le poulailler.

« J'en ai pour deux minutes ! » cria-t-elle.

Elle ouvrit la porte de l'enclos et marcha vers le poulailler en chassant les poules devant elle :

« Ch ! Ch ! Ce n'est pas encore l'heure de manger. Je viens chercher vos œufs. Ch ! Ch ! »

Pendant ce temps, Oui-Oui préparait le cerf-volant : il lui attacha une ficelle et déroula la queue.

Chapitre 4

« Vole, cerf-volant, vole ! »

Quand Mirou revint, le cerf-volant était prêt. « J'ai mis du temps à ramasser tous les œufs, dit-elle. Il y en avait tellement ! »

Elle déposa le panier sur le bidon avec précaution. Puis elle rejoignit Oui-Oui en courant.

« Il faudra que nous nous

mettions à deux pour tenir le cerf-volant, déclara Oui-Oui. Il tire comme un fou, tant il est impatient de voler! Attention! Je le lâche.»

Vroutt! Le cerf-volant monta droit dans le ciel. Sa grande queue se balançait derrière lui.

«Le voilà parti! cria Oui-Oui. Vole, cerf-volant, vole! Cabriole dans le vent! Vole, cerf-volant, vole!»

La ficelle se déroulait rapidement. Oui-Oui la retint un instant pour empêcher le cerf-volant d'aller trop vite. Mirou lui vint en aide. Comme c'était amusant!

«Il va monter jusqu'aux nuages», dit Oui-Oui en

agitant la tête. Son grelot se mit à sonner joyeusement.

« Fais attention, cerf-volant. Ne te cogne pas la tête. Regarde, Mirou. Il est passé à travers le nuage. Il a fait un trou dedans. »

Bientôt, il ne resta plus de ficelle.

« Cramponne-toi, Mirou, cramponne-toi! cria Oui-Oui un peu inquiet. Il tire de plus en plus fort. Oh! là! là! Il m'entraîne. Je ne peux pas m'empêcher de courir.

— Asseyons-nous, proposa Mirou. Il ne pourra plus nous entraîner.

Vite, Oui-Oui! Assieds-toi. »

Ils s'assirent donc par terre tous les deux. C'était bien plus facile à présent de tenir le cerf-volant, et ils se mirent à chanter :

Vole, cerf-volant, vole!
Virevolte, cabriole.
Vole, cerf-volant, vole!

Soudain, Mirou sursauta et poussa un petit cri.

« Que se passe-t-il ? demanda Oui-Oui.

— Quelqu'un est en train de picorer les coquelicots de mon chapeau, répondit Mirou. Mon Dieu! Qui est-ce?

— C'est une poule, une grosse poule blanche,

dit Oui-Oui. Ch! Va-t'en!
Quel toupet!»

A ce moment, une autre
poule apparut et se mit à
tirer sur les lacets de Oui-
Oui.

«Veux-tu arrêter! fit Oui-
Oui en colère. Veux-tu
arrêter! Ce ne sont pas des
vers de terre. Ce sont des
lacets de chaussure.

— D'où viennent-elles?

demanda Mirou intriguée. Je n'en voyais pas une seule dans ce champ il y a une minute. Oh! Arrêtez! Vous allez abîmer mon chapeau neuf.»

Soudain, Oui-Oui regarda Mirou d'un air désolé. La petite ourse commença à avoir peur.

«Qu'y a-t-il? dit-elle. Pourquoi me regardes-tu ainsi?

— Oh! Mirou! s'écria Oui-Oui. Tu as oublié de fermer la porte de l'enclos, et les poules se sont sauvées.»

Mirou poussa un cri perçant :

«Que va dire le fermier? Il sera furieux.

— Il faut que nous les

fassions rentrer dans leur enclos, déclara Oui-Oui. Hé là! Vilaines poules! Arrêtez de picorer mes lacets. Vous ne savez pas reconnaître un ver de terre?

— Qu'allons-nous faire du cerf-volant? demanda Mirou. Nous ne pouvons pas le garder pendant que nous rentrons les poules. Et si tu restes ici à le tenir, je ne pourrai jamais me débrouiller seule. Regarde : toutes les poules sont sorties dans le champ. Il y en a des douzaines.

— Ne t'inquiète pas, répondit Oui-Oui en la regardant gentiment.
Je sais ce qu'il faut faire.

Nous allons attacher
le cerf-volant quelque
part pendant que
nous nous occuperons
des poules.

— Ça, c'est une bonne
idée», fit Mirou en
fixant sur Oui-Oui
un regard admiratif.
Notre pantin se
sentit très fier de lui.

«Où pourrions-nous
accrocher la ficelle? reprit
Mirou.

— Attends..., j'ai trouvé.
Attachons-la au bidon de lait.
Il est très lourd, et le cerf-
volant ne pourra pas
s'échapper. Viens avec moi.»

Ils coururent jusqu'au
bidon et nouèrent la ficelle
autour de sa grosse poignée.

« Maintenant, occupons-nous de ces vilaines poules », dit Oui-Oui.

Chapitre 5

Une mauvaise surprise

La poursuite commença. C'étaient vraiment de vilaines poules : aucune ne voulait rentrer au poulailler.

Au bout d'un moment, Mirou s'arrêta, essoufflée.

«Je sais ce qu'il faut faire, dit-elle. Va jusqu'à la porte de l'enclos, enlève ton bonnet et agite le grelot. Les poules accourront pour voir ce qui ce passe. Tu n'auras plus qu'à les pousser à l'intérieur.

— Décidément, tu as toujours de bonnes idées », déclara Oui-Oui.

Il se posta à la porte de l'enclos et enleva son bonnet. On entendit bientôt un bruit de grelot : « Drelin ! Drelin ! »

Les poules accoururent de tous les coins du champ. Oui-Oui ouvrit la porte et les chassa

à l'intérieur. Puis referma bien vite et sourit à Mirou.

« Maintenant, nous pouvons aller rechercher le cerf-volant », dit-il.

Mais une mauvaise surprise les attendait. Devinez! Vous ne savez pas? Eh bien, voilà : le cerf-volant tirait si fort sur la ficelle que le bidon se mit à trembler. Puis il fit un petit bond et... s'éleva dans les airs. Quelle histoire! Si vous l'aviez vu se balancer au bout de la ficelle!

« Reviens, cerf-volant, reviens! cria Oui-Oui. A quoi penses-tu! Nous avons besoin du bidon. Et il y a un panier d'œufs dessus. Allons! Descends. »

Le cerf-volant ne voulait

rien savoir. Il monta encore plus haut, et le bidon continua à se balancer au bout de la ficelle. Oui-Oui était consterné.
Il se retourna pour parler à Mirou.
Ce fut encore plus terrible : la petite ourse s'était mise à pleurer : de grosses larmes coulaient le long de son nez en peluche.

« Le fermier va me donner une fessée pour avoir laissé échapper le panier d'œufs, sanglota-t-elle. Tu en recevras une aussi,

sûrement, à cause du bidon
de lait.

— Ne t'inquiète pas,
répondit bravement Oui-Oui.
Je ne le laisserai pas faire.
Je dirai au fermier de me
donner deux fessées. Une
pour toi, une pour moi.
Ferme les yeux. Je vais
t'essuyer le nez avec mon
mouchoir.

— Laisse. Nous n'avons
pas une minute à perdre,
déclara Mirou en repoussant
la main de Oui-Oui. Nous
allons prendre la voiture et
suivre le bidon. Il ne faut pas
le quitter des yeux. Quand il
tombera, nous le
rapporterons au fermier.

— Oui, mais de toute
manière, les œufs seront

cassés. C'est cela le plus terrible? fit Oui-Oui d'un air sombre. Viens. Allons chercher l'auto. »

Ils montèrent tristement en voiture. Les larmes continuaient à couler sur les joues de Mirou. Quelques-unes s'écrasèrent sur le capot.

« Tut! » fit la voiture étonnée.

Oui-Oui ne prit pas le temps de les essuyer. Il démarra, traversa le champ et les voilà partis à la poursuite du cerf-volant. Mon Dieu! Pourront-ils le rattraper? Pourront-ils récupérer le bidon?

Vite, Oui-Oui! dépêche-toi. Attention à la flaque! Oh!

Un peu plus tu passais au beau milieu. Ne reste pas le nez en l'air. Regarde devant toi. Vite, Oui-Oui! Plus vite!

Chapitre 6

Une étrange aventure

Pendant ce temps, le nain Potiron, l'ami de Oui-Oui, arrivait à Miniville sur sa bicyclette. Il aperçut Mlle Chatounette et M. Barbet, et s'arrêta pour bavarder avec eux.

C'est à ce moment précis... qu'un gros œuf, venant droit du ciel, s'écrasa sur la tête de

M. Barbet. M. Barbet était un chien gris avec des poils qui lui tombaient dans les yeux. Imaginez la scène : le jaune d'œuf coulait le long de sa frange, lui dégoulinait dans les yeux, gouttait sur son dos. M. Barbet avait l'air plutôt stupéfait.

« Qui a fait cela ? demanda-t-il d'un ton furieux en regardant autour de lui. Qui m'a jeté cet œuf sur la tête ?

— Quelqu'un doit être caché au coin de la rue, dit Potiron étonné. C'est sûrement ce garnement de petit Pierrot. Il ne fait que des sottises ces temps-ci. »

Ils allèrent jusqu'au coin de la rue. A cet instant... il se mit à pleuvoir. C'était à

n'y rien comprendre : le ciel
était bleu, sans un nuage.

Mlle Chatounette
regardait avec des
yeux ronds les
gouttes qui
tombaient sur sa
manche. Elles
étaient blanches.
Elle les lécha du bout de la
langue et...

« C'est du lait! Il pleut du
lait! s'écria-t-elle.

— Qu'est-ce que vous
racontez? répliqua Potiron.
C'est impossible. J'ai bientôt
cent ans et je n'ai jamais vu
ça.

— Ecoutez, Potiron, dit
Mlle Chatounette en colère,
je sais reconnaître du lait. Je
ne bois que cela depuis que

je suis née. Je vous affirme qu'il pleut du lait.

— Moi, je vais chercher mon parapluie, déclara M. Barbet. S'il commence à pleuvoir du lait, on ne sait pas ce qui peut arriver. Il va peut-être se mettre à tomber de la sauce tomate ou du sirop de groseille. Je ne tiens pas à abîmer mon nouveau costume. »

Il partit en courant. Potiron enfourcha sa bicyclette et planta là Mlle Chatounette, toujours aussi furieuse. Il aperçut le gendarme qui parlait à M. Ouistiti. Il s'approcha d'eux.

« Monsieur le gendarme, il pleut du lait ! cria-t-il. Et un œuf vient de tomber sur la tête de M. Barbet.

— Ne dis pas de sottises, Potiron», répliqua le gendarme.

Au même moment, un œuf s'écrasa sur sa grosse

botte bien cirée. Plouf! Le jaune éclaboussa tout autour, jusque sur les pieds de M. Ouistiti.

«Je vous le disais, fit Potiron. Il pleut du lait et des œufs. Regardez : voilà de nouveau des gouttes de lait. Nous ferions bien d'aller chercher nos cruches. Elles seront vite pleines.»

Un matelot arriva en courant, accompagné de M. Noé et de Léonie Laquille. Le matelot faisait une drôle de mine. Du jaune d'œuf dégoulinait sur son beau béret à pompon.

« Monsieur le gendarme, trois œufs viennent de s'écraser sur mon arche ! s'écria M. Noé.

— Un autre a renversé ma fille, la plus petite, ajouta Léonie Laquille. Et nos vêtements sont pleins de lait. Nous sommes trempés. Que se passe-t-il ? »

Personne ne le savait. A Miniville, on commençait à avoir peur. Les habitants scrutaient le ciel. Ils n'apercevaient qu'un cerf-

volant et, un peu plus bas, quelque chose qui scintillait de temps en temps. C'était le bidon de lait, toujours suspendu au bout de la ficelle. Mais il était si haut qu'on ne pouvait le distinguer.

« Faites sonner la cloche d'incendie, supplia M. Noé. Que tout le monde se mette à l'abri! On ne sait pas ce qui va tomber à présent. Peut-être des bâtons ou des pierres. Il doit y avoir un ennemi dans les parages.

— Cette histoire est vraiment étrange, déclara le gendarme. Je vais mettre une affiche. J'offre une récompense à quiconque m'expliquera ce qui arrive. Maintenant, que la population se mette à l'abri!»

Il retourna à la gendarmerie. Sur son chemin, il évita de justesse un œuf qui dégringolait du ciel. Il écrivit une grande affiche et la colla sur le mur de la gendarmerie.

AVIS URGENT
ET DE GRANDE IMPORTANCE

Une récompense de dix pièces d'or est offerte à quiconque pourra expliquer pourquoi il pleut du lait et des œufs.

Hélas! Personne ne vint apporter le moindre

éclaircissement. Miniville était en effervescence. Les habitants devenaient de plus en plus inquiets. Qu'allait-il arriver à présent ? Ce n'était déjà pas agréable de recevoir du lait et des œufs sur la tête. Mais peut-être se mettrait-il à tomber quelque chose de dangereux.

« Je vais aller voir si Oui-Oui est sain et sauf, pensa Potiron. Il doit être terrifié. »

Il enfourcha sa bicyclette et partit à toute vitesse.

Chapitre 7

La poursuite continue

Bien sûr, Oui-Oui n'était pas dans sa « petite-maison-pour-lui-tout-seul ». Potiron, très inquiet, revint à la gendarmerie. M. Paille y arrivait justement, monté sur son vieux cheval.

«Monsieur le gendarme! Monsieur le gendarme! hurlat-il. On m'a volé un bidon de lait et un panier d'œufs.

— Décidément, quelle journée! s'exclama le gendarme en prenant son carnet et son crayon. Comment? Vous avez bien dit?... Savez-vous qu'aujourd'hui il pleut précisément du lait et des œufs? Cela aurait-il quelque chose à voir avec...

— Je ne suis pas d'humeur à plaisanter, interrompit le fermier. A-t-on jamais vu du lait et des œufs tomber du ciel? Ne vous moquez donc pas de moi. Je pourrais me plaindre à vos chefs. Comme si j'avais fait pleuvoir du lait et des œufs sur cette ville!

— Ce n'est pas ce que je voulais dire, répondit le gendarme. Je faisais seulement remarquer qu'il y a là une curieuse coïncidence. Vous perdez du lait et des œufs et, le jour même, il en tombe du ciel. Regardez : ma botte est couverte de jaune d'œuf.

— Vous m'accusez donc de vous avoir...»

Plouf! Un œuf vint s'écraser contre la fenêtre et se mit à dégouliner le long de la vitre.

«Vous êtes convaincu, à présent, fit le gendarme. C'est une histoire étrange.

J'ai offert une grosse récompense à quiconque pourra me l'expliquer. Les habitants sont très inquiets. Que va-t-il arriver, maintenant?

— Il s'agit peut-être de mon lait et de mes œufs. Mais je voudrais bien savoir qui s'amuse à les lancer sur la ville, dit le fermier. J'offre une pièce d'or à qui me rapportera mon bidon. J'y tiens beaucoup. C'est le seul que j'aie. Mettez une annonce, je vous prie.»

Le gendarme écrivit une seconde affiche et la colla à côté de la première.
M. Paille remonta sur son cheval et rentra chez lui. En chemin, il garda le nez en

l'air : si un œuf allait lui tomber sur la tête sans crier gare!

« Etrange, étrange! déclara le gendarme à Potiron. Je n'aime guère cette histoire.

— Moi non plus, approuva Potiron. Je me fais aussi du souci à propos de Oui-Oui.

A l'heure qu'il est, il devrait être rentré chez lui pour manger. Je ne l'y trouve pas. Je vais rester avec vous un moment. Peut-être quelqu'un viendra-t-il nous donner des explications.

— Je me demande qui a volé le bidon, dit le

gendarme. Dieu sait où il se
trouve à présent.»

Pendant ce temps, Mirou
et Oui-Oui suivaient le cerf-
volant à toute vitesse.
Soudain, Mirou vit le panier
basculer. Elle poussa un petit
cri.

«Allons le chercher, dit-
elle. Oh! Oui-Oui! Tu te
rends compte? Le cerf-volant
a survolé Miniville. Les œufs
sont peut-être tombés sur la
ville. Que doit penser la
population?

— Je n'ose pas
l'imaginer», fit Oui-Oui.

La voiture cahotait à
présent sur un chemin
pierreux.

«Regarde, dit Mirou. Voilà

le panier. Là, sur les fougères, au bord du chemin. Rapportons-le au fermier. Ce sera déjà ça.»

La poursuite reprit. Mirou ne quittait pas des yeux le bidon qui se balançait très haut dans le ciel.

«Le lait n'arrête pas de couler! s'écria-t-elle. Crois-tu que quelqu'un va le recevoir sur la tête?

— J'espère que non, répondit Oui-Oui en appuyant sur l'accélérateur. Nous avons déjà assez d'ennuis.

— Le bidon s'est décroché! Le voilà qui tombe!» cria soudain Mirou.

Elle s'agrippa si fort au bras de Oui-Oui que la

voiture faillit faire un plongeon dans la rivière.

Dès qu'il se sentit libre, le cerf-volant s'éleva droit dans les airs. Il était bien content d'être débarrassé du bidon et décida de monter jusqu'au soleil qui brillait, là-haut.

Mirou et Oui-Oui poursuivirent leur chemin. Ils aperçurent bientôt le bidon au beau milieu d'un buisson. Il était complètement vide puisque le couvercle s'était détaché depuis longtemps. Oui-Oui arrêta sa voiture. Ils descendirent et tirèrent le bidon jusqu'à l'auto.

Oui-Oui le plaça à l'arrière. Il lui accrocha une ficelle et la confia à Mirou.

« Tiens-la bien, lui dit-il. Le bidon ne bougera pas.

— Qu'allons-nous faire à présent ? demanda Mirou en essayant d'être courageuse.

— Nous allons retourner chez M. Paille en passant par Miniville, déclara Oui-Oui. Il faut s'attendre à une bonne fessée. Il vaut mieux que tu ne viennes pas avec moi jusqu'à la ferme.

— Je ne veux pas que tu reçoives une fessée ! » s'écria Mirou.

Les larmes se remirent à

couler le long de son nez en peluche.

« Tu es si gentil et je t'aime tant! ajouta-t-elle.

— C'est vrai? fit Oui-Oui tout surpris. Oh! Je suis content! Ne crains rien, petite Mirou. Tant que je serai là, personne ne te touchera. Sinon, je... je... Je ne sais pas encore ce que je ferai, mais ce sera terrible. »

La voiture cahotait sur la route, et les coquelicots dansaient sur le chapeau de Mirou.

« Nous allons avoir des tas d'ennuis, n'est-ce pas? demanda-t-elle.

— J'en ai peur, répondit Oui-Oui. Avec l'histoire du bidon... Il faudra aussi que je rembourse le lait et les œufs. Ça, ce n'est pas grave. Je mettrai de l'argent de côté.

— Moi aussi, déclara Mirou. Je ferai pondre beaucoup d'œufs à mes poules, je les vendrai et je te donnerai ma recette.

— Tu es une très, très gentille petite ourse, fit Oui-Oui. J'avais déjà un ami, c'était Potiron. Maintenant, j'en ai deux.

— Nous voilà à Miniville, dit Mirou. Oh! N'est-ce pas la bicyclette de Potiron, là-bas, devant la gendarmerie?»

Chapitre 8

Chez le gendarme

En effet, c'était la
bicyclette de Potiron. Nos
deux amis longèrent la
gendarmerie. A ce moment,
Potiron sortit en courant

pour voir si sa bicyclette était
encore là. Il s'arrêta,
stupéfait : Oui-Oui passait
dans sa voiture avec Mirou
et... le gros bidon de lait. Il
se précipita devant l'auto en
criant :

« Arrête, Oui-Oui! Arrête!
Où étais-tu donc ?»

La voiture faillit renverser
Potiron. Oui-Oui donna un
grand coup de frein. Le
bidon se détacha, tomba sur
la chaussée et se mit à
dévaler la rue dans un
vacarme assourdissant. Le
gendarme surgit du poste de
police.

« Hé! là! C'est notre
fameux bidon de lait ? s'écria-
t-il. Où l'as-tu trouvé, Oui-
Oui ? Quelle chance!

— Venez nous raconter votre aventure, dit Potiron.

— Non! Non! Je ne veux pas parler au gendarme! cria Oui-Oui. Il va être furieux.

— Petit sot! Tu n'as donc pas vu cela? fit Potiron en montrant les affiches. Le fermier offre une pièce d'or à qui lui rapportera son bidon.

— Ça, alors! s'exclama Oui-Oui stupéfait.

— Sais-tu que des œufs sont tombés du ciel

aujourd'hui? reprit Potiron. M. Barbet en a reçu un sur la tête. Tu pourrais peut-être aussi nous l'expliquer.»

Mirou se mit à pouffer, et Oui-Oui éclata de rire.

«Ce n'est pas impossible, dit-il. Cela me vaudra vraiment une récompense?

— Et comment! Dix pièces d'or! s'écria Potiron. Tu comprends, la population était très effrayée. Le gendarme a pensé que c'était son devoir d'éclaircir cette affaire. Il a donc offert dix pièces d'or à qui pourrait donner une explication. Il faut absolument que tu ailles lui raconter ce que tu sais.

— Je vais chercher le bidon et j'arrive, déclara Oui-

Oui qui commençait à se sentir beaucoup mieux. Après tout, nous nous en tirerons peut-être sans fessée. »

Ils entrèrent à la gendarmerie. Le gendarme les attendait derrière son bureau. Il regarda Oui-Oui et Mirou d'un air très important. Puis il ouvrit son carnet et se prépara à écrire.

Chapitre 9

Tout s'arrange

« Voilà, commença Oui-Oui. Mirou et moi, nous avons acheté un cerf-volant et nous sommes allés dans le champ de M. Paille pour le faire voler.

— J'ai laissé la porte du poulailler ouverte et les poules se sont sauvées, continua Mirou.

— Nous avons attaché le cerf-volant au bidon de lait et nous sommes allés rentrer les poules, reprit Oui-Oui. Mais le cerf-volant tirait si fort qu'il a soulevé le bidon et l'a emporté dans les airs...

— ...Avec le panier d'œufs que nous avions posé sur le couvercle, ajouta Mirou.

— Le cerf-volant est monté de plus en plus haut. Le bidon se balançait toujours au bout de la ficelle, acheva Oui-Oui. Les œufs sont tombés du panier, et le lait s'est mis à couler. C'était cela, votre pluie mystérieuse.

— Si j'avais pu deviner...»,
fit le gendarme. Il n'en
croyait pas ses oreilles.

Oui-Oui jeta un coup d'œil
inquiet à Potiron. Que
pensait-il de cette histoire?
Mon Dieu! Le nain devenait
de plus en plus rouge.

«Il doit être furieux»,
songea Oui-Oui effrayé.

Furieux! Pensez-vous!
Potiron, congestionné,...
éclata de rire.

«Ha! ha! ha!» rugit-il.

Voyant cela, le gendarme
se mit de la partie. Il en
tomba de sa chaise et roula
sur le plancher. Oui-Oui et
Mirou n'y comprenaient plus
rien.

«Pourquoi riez-vous,
monsieur le gendarme?

demanda Oui-Oui.

— Parce que... parce que... je pense aux gouttes de lait. Plif! Plof! sur notre tête. Et... et les œufs qui pleuvaient autour de nous, répondit le gendarme en s'essuyant les yeux. Quelle histoire! C'est la meilleure qu'on ait jamais entendue. Et vous, Potiron, qu'est-ce qui vous fait rire?

— Ha! ha! ha! continua Potiron. Il faut que vous donniez la récompense à ces deux petits démons. Et M. Paille leur doit une pièce d'or. Ha! ha! ha!»

Du coup, le gendarme cessa de rire.

«Nous vous laissons la récompense. Nous ne la

méritons pas, s'empressa de déclarer Oui-Oui. Bien sûr, nous n'acceptons pas non plus la pièce d'or de M. Paille. Au contraire, nous allons faire des économies pour lui rembourser son lait et ses œufs.

— En fait, vous méritez une bonne fessée, dit sévèrement le gendarme. Allons! Ne prenez pas cet air effrayé. Je vous fais grâce. Je sais que vous n'êtes pas vraiment coupables. Maintenant, écoutez-moi bien : je vous donne la récompense promise. Mais n'acceptez pas celle du fermier.

— Nous vous le promettons! s'écria Mirou.

— Vous prendrez sur vos dix pièces d'or pour rembourser M. Paille, continua le gendarme. Ho! ho! ho! Ah!... Quand je pense à M. Barbet! Plouf! Un œuf sur sa tête! Je ne peux pas m'empêcher de rire.»

Mirou se mit à rire aussi et prit la main de Oui-Oui. Les coquelicots dansaient gaiement sur son chapeau.

«Tout s'arrange, dit-elle. Plus personne n'est en colère, et il nous reste de l'argent sur la récompense.»

Oui-Oui se leva en agitant

la tête. Son grelot tinta joyeusement.

« Allons le dépenser maintenant, monsieur le gendarme, déclara-t-il. Vous aussi, Mirou et Potiron. Je vous emmène chez le pâtissier. Nous commanderons les plus grosses glaces. Deux pour chacun. Non, trois. Ensuite, nous rapporterons son bidon à M. Paille. »

Ils sortirent de la gendarmerie. Le vent se mit aussitôt à souffler. Le képi du gendarme s'envola et dévala la rue à toute vitesse. Mirou se rappela la petite chanson de Oui-Oui.

« Chante-nous ta chanson

pour jour de grand vent»,
dit-elle.

Oui-Oui se mit à chanter à
tue-tête tandis qu'ils se
dirigeaient vers la pâtisserie.

Vent! petit coquin!
Tu souffles bien fort, ce matin.
Vent! petit fou!
Tu passes partout.
Cerf-volant, vole!
Bidon vole!
Il pleut!
Il pleut du lait, des œufs!

Drelin! Drelin! Drelin!
Fais sonner mon grelot,
Petit coquin.

« C'est une très jolie chanson, déclara Potiron. J'aime beaucoup : " Cerf-volant, vole! Bidon, vole!"

— Moi, je préfère le "Drelin! Drelin! Drelin!" dit Mirou.

— C'est vrai? » fit Oui-Oui joyeusement.

Et il agita son grelot comme un fou. Ah! Si vous l'aviez entendu!